고요는 도망가지 말아라

장석남 시집

문학동네시인선 015 장석남

고요는 도망가지 말아라

시인의 말

1.

마침 몸살이 와서 발은 만져보니 차디찬데 이마는 뜨겁다. 그 사이 몸뚱어리 전체는 속닥거린다. 지치긴 했어도 아픈 지경까진 오래간만이어서 찡그린 채 껌뻑거리며 누워 있으려니 회고의 길목이다. 아픔은 회고주의자로 몰게 마련이고 병은 때아닌 종교를 붙들게도 하는 게 이치라면 이치겠다.

뭐니 뭐니 해도 내 생에서 시경(詩境)으로 출타한 것이 인생의 큰일이었구나 하는 생각을 뭉뚱그려 제쳐놓는다. 하, 그게 스물다섯 해가 되었다니! 뭐 밥그릇 수를 밝혀서 미담 제조를 하려는 맘은 추호도 없으나 그간 건너온 징검돌들의 면모가 떠오르는 것도 어쩔 수가 없다. 간신히 바닥에 발붙인 돌멕들이 지금껏 내 걸음걸이의 무게는 겨우 견뎠으나 다시금 되돌아가자면 그만 부스러지고 말 것만 같다. 천상 저편으로나 하나씩 더 놓으며 가야 하리. 만해가 한겨울 널따란 냇물을 맨발로 건너며 중간에서 이도 저도 할 수 없었다던 고초 이야기도 생각난다.

다 몸뚱어리가 쑥떡거리는 내용들이다.

나는 아직 어느 경계 안으로도 들어서지 못했다.
하긴, 출타는 들어서는 게 아니니까.
다행이다. 아프다.

2.

이렇게, 선(線) 하나를

긋고,

나는…… 나를…… 느끼고 싶다.

—인제 만해마을 서창(西窓) 아래 엎드려,

장석남 識

차례

3부

1부

의미심장(意味深長)

돌 위에도 물을 부으면
그대로 의미심장

내게 온 소용돌이들이
코스모스로 피어 흔들리는
병후(病後) 문밖에
말뚝이 서넛 와 있다

오늘 밤 내 머리맡에는
티눈 같은 웃음들이 모일 것 같다
길 잃은 웃음들이, 막차 놓친 웃음들이
갈데없이 모일 것 같다

찔레 넝쿨도 바람 불면
그대로 의미심장

하문(下問) · 1

눈 오는 날엔
말을 트자
눈 속
드문 드문
봄동 배추
그렇게
말을 트자

눈이 녹으면 다시
서로는
말을 높이자

그리하면 나는
살이 없으리

그리하면 너도
살이 없으리

기름진 것 먹지 말고
말을 트자

하문(下問) · 2

—김종삼 선생님이 딸의 소풍을 따라갔다가 어느 무덤가에서 가슴에 돌을 얹고 누워 있었다던, 날아갈까봐 그랬다던 향기로운 에피소드가 문득, 생각나는

눈 내리는 밤
눈 내리는 밤
눈은 내리는 밤

아무런 답이 나오지 않는,
아무 답 없는
이 질문

다만
앉아 있는 것
서성이는 것
그것만이 대답인

눈 내리는 밤
눈이 내리는 밤

다만 눈이 쉬 그치지 않기만을
높은 소망처럼 기원해보는

눈 내리는 밤
물음이 내려오는 밤
서성이는 밤

가난을 모시고

오늘 나는 가난해야겠다
그러나 가난이 어디 있기나 한가
그저 황혼의 전봇대 그림자가 길고 길 뿐
사납던 이웃집 개도 오늘 하루는 얌전했을 뿐

우연히 생겨난 담 밑 아주까리가
성년이 되니 열매를 맺었다
실하다고 말하진 못하겠다
어디 또 그런 데 가서 그 아들 손주가 되겠다
거짓마저도 용서할
맑고 호젓한 가계(家系)

오늘도 드물고 드문 가난을 모신,
때 까만 메밀껍질 베개의
서걱임
수(壽)와 복(福)의
서걱임

담장

이월 하늘은 상냥하고 담장에 기대인 자두나무에 자두꽃이 아득히 나오고 그 아래 흰 돌멩이 하나

나는 나를 솎아내고 헤쳐서 그 돌멩이를 바라본다

나는 나를 반나마 허물어서 그 돌멩이를 바라본다

흰 돌멩이 처음 그 자리에 앉던 시간의 문 따고 나오는 눈빛 따스하여 나는 그걸 알뜰히 모아 새 담장을 치려 한다

문은 새삼 내지 않으려 한다

가을 저녁의 말

나뭇잎은 물든다 나뭇잎은 왜 떨어질까?
군불 때며 돌아보니 제 집으로 들어가기 전 마지막으로
꾸물대는 닭들

읔박질린 달이여

달이 떠서 어느 집을 쳐부수는 것을 보았다
주소를 적어 접시에 담아 선반에 올려놓고

불을 때고 등을 지지고
배를 지지고 걸게 혼잣말하며
어둠을 지졌다

장마 때 쌓은 국방색 모래 자루들
우두커니 삭고
모래는 두리번대며 흘러나온다
모래여
모래여
게으른 평화여

말벌들 잉잉대던 유리창에 낮은 자고
대신 뭇 별자리들 잉잉대는데

횃대에서 푸드덕이다 떨어지는 닭,
다시 올라갈 수 있을까?
나뭇잎은 묻는다

고대(古代)

밥을 해먹기 시작하는 방이 있다
잠만 자던 방에서
기명들이 하나씩 모이고
솥에 마침내 쌀을 안쳐
밥을 끓인다

건건이를 벌려놓고 밥을 뜬다
숟가락 소리가 난다
젓가락 소리가 난다
고대(古代)처럼

밥 냄새가 나기 시작하는 방이 있다
잠만 자던 방에서
통곡이 시작되는 방으로
가을이 온다

호수

단추를 한 다섯 개쯤 열면 돼요

아주 어려운 일은 아니에요 그리고
근심처럼 흐르는 안개를 젖히면 그만이에요

갈대나 물결
새나 바람
평수 많은 밤

어디서 오는지

아주 커다란 보석이죠?
익숙한 별자리가 무어예요? 가령
웃거나 울던 하늘 기슭 같은 것 말이에요
그것이 고스란히 담겨 있기도 해요

단추를 한 다섯쯤 풀면
지나던 메아리가 멈춘 듯
어디서 왔는지

아주 어려운 일은 아니에요
그 호수를 찾는 일이

장마 끝물

산 넘어온 비가
산 넘어간다
비단옷으로 와서
무명옷으로 간다

들 건너온 비가
들 건너간다
하품으로 와서
진저리로 간다

물 두드리며 온 비가
물결 밟아 간다
뛰어온 비가
배를 깔고 간다

아주아주 오랜만에 국밥집에 마주 앉은
가난한 연인의 뚝배기가 식듯이
젖은 비, 젖은 비를 맞잡고 간다

나의 유산은

내 유산으로는
징검다리 같은 것으로 하고 싶어
장마 큰물이 덮었다가 이내 지쳐서는 다시 내보여주는,
은근히 세운 무릎 상부같이 드러나는
검은 징검돌 같은 걸로 하고 싶어

지금은,
불어난 물길을 먹먹히 바라보듯
섭섭함의 시간이지만
내 유산으로는 징검다리 같은 것으로 하고 싶어
꽃처럼 옮겨가는 목숨들의
발밑의 묵묵한 목숨
과도한 성냄이나 기쁨이 마셨더라도
이내 일고여덟 형제들 새까만 정수리처럼 솟아나와
모두들 건네주고 건네주는
징검돌의 은은한 부동(不動)
나의 유산은

옛집에 들어

목가구(木家具) 짧은 네 다리
칠 벗겨진 발목들이
갑자기 안쓰럽긴 하지만
금년(今年) 가장 큰 달을 얹어도 과히 무겁지 않을 거야

아래 칸엔
버들 무늬 접시가 하나 비어서는
두런대고 있었으니 달은 사뿐히
그 이야기에 앉아서 가고

나도 그 이야기에 그만
빈 들판의 훤한 달밤으로 풀리고

오솔길을 염려함

나는 늘 큰길이 낯설므로
오솔길을 택하여 가나
어머니는, 내가 가는 길을 염려하실 테지
풀이 무성한 길, 패랭이가 피고 가을이라
나뭇잎이 버스럭대고 독한 뱀의 꼬리도 보이는
맵디매운 뙤약볕 속으로 지워져가는 길
어느 모퉁이에서
땀을 닦으며 나는 아마 나에게
이렇게 질문해볼 거야

나는 어찌하여 이, 뵈지도 않는 길을 택하여 가는가?
어머니의 기도를 버리고 또
세상의 불빛도 아득하게

누군가 내 속에서 이렇게 답하겠지
내가 가는 것이 아니고 이 길이, 내 발 앞으로, 가슴속으로,
눈으로 와 데려가고 있다고

가을 아침의 자욱한 첫 안개와
바짓단에 젖어오르는 이슬들도
오래전부터 아는 듯 걸어갈 테지
어머니의 염려나 무거워하면서 여전히 걸어갈 테지
안개 속으로 난 아득한 오솔길을

2부

중년

봉숭아는 분홍을 한 필
제 발등 둘레에 펼치었는데
마당은 지글거리며 끓는데
하산(下山)한 우리는 된 그늘을 두어 필씩 펼쳐놓고서
먹던 물 대접 뿌려서 마당귀 돌멩이들 웃겨놓고서
민둥산을 이루었네

불임

한 남자가 골목을 나서자
라일락이 피었습니다
향기가 둥글게 굴러갑니다
골목은 한 남자를 뱉어내고
자물쇠 속으로 사라졌습니다
구름 그림자가 자물쇠를 더듬어보다가 갑니다
하늘이 몇 잎으로 나뉘어 떨었습니다

큰 눈

큰 눈이 오면,
발이 묶이면,
과부의 사랑(舍廊)에서처럼
편안함이
일편 근심이
뒤주 냄새처럼 안겨온다

큰 눈이 오면,
눈이 모든 소란을 다 먹으면,
설원(雪原)과 고요를 밟고
와서 가지 않는 추억이 있다

한 치씩 나앉은 사물들 모두
제 아버지가 온 듯
즐겁고, 희고
무겁다

가라앉는 발자국들

언 호수에 눈 내려 흰 광장인데
누군가 가로질러 걸어간 발자국
덜컹 내려앉는 가슴
저만치 갈수록 수심(水深)은 깊겠고
망설임도 깊어졌으리
새는 제 발자국 걷어 날아오르지만
저 무게로는 날아오르지 못했으리
제 발걸음 속으로 꺼져 들어갔을까?
깨우침처럼
깨우침처럼

고요히 건너편에 닿았을까?
뒤돌아선 발자국은 없다
왜 저 두려움 위를 걸어갔을까?
그 심정을 나는 한두 뼘쯤은 알기에
펄럭이며 바람 속을 더 걷는다
또다시 눈이 내리고
발자국은 곧 속절없이 눈 속에 묻혀
발자국끼리만 다정히 가라앉는다
망설임끼리만 다정히 가라앉는다
물이 되는 발자국들

돛을 단 발자국, 물결 위에 나타나리

수로(水路)에서

폭우로 불어난 흙탕물이 콸콸거리며 저수지로 들어간다 옆구리가 결린다 막걸리 병이 부러진 주삿바늘처럼 빠르게 쓸려갔다

금니를 드러내며 혼잣말 하며 양재기처럼 웃으며 풀 무성한 둑방길을 헤쳐가는 여인(女人), 젖은 머리채 위로 하늘이 주름져 딸려간다

수로(水路)에 외발로 서서 고개 움츠리고 비 맞는 왜가리

어떤 기다림도 잊고 다만 기다림의 자세만으로 생을 채우려 용맹정진하는 왜가리

나는 늦도록 깊고 습한 터널을 뚫는다

시큼하고 외로운 수로(水路)

무쇠 솥

양평 길 주방기구종합백화점
수만 종류 그릇의 다정한 반짝임과 축제들 속에서
무쇠 솥을 사 몰고 왔다
—꽃처럼 무거웠다
솔로 썩썩 닦아
쌀과 수수와 보리를 섞어 안친다
푸푸푸푸 밥물이 끓어
밥 냄새가 피어오르고 잦아든다
그사이
먼 조상들이 줄줄이 방문할 것만 같다

별러서 무쇠 솥 장만을 하니
고구려의 어느 빗돌 위에 나앉는 별에 간 듯
큰 나라의 백성이 된다

이 솥에 닭도 잡아 끓이리
쑥도 뜯어 끓이리
푸푸푸푸, 그대들을 부르리

독강*에서

덕적 독강 부두에서
우럭 회 썰어놓고 먹다
소주가 달다고 말하니 갑자기 옛 하루가 돋아나
하얗게 할아버지 한 분
돛 펴고 노 저어 오시네
멀리 당진(唐津)이 이웃처럼 가까이 보이네

지나가던 어린아이
노래 음절 맞지 않네

어깨 위의 듬성듬성 옷 기운 자국 보며
씀바귀처럼 웃네

웃음 이내 식어 노을로 뻗어가네

* 인천 덕적에 있음.

탑(塔)

바람 불면 나는 춤꾼

어깨에서 초승달을 쳐올리면
댓잎 소리가 쏟아지고
발끝으로 다시 받아 쳐올리면
그믐 달이 되어 정수리 너머로 숨었다
오므린 손끝에서 붉은 해당화가
술래도 없는데 바삐 떨어져내렸다

바람이 자면 나는 돌멕이에 앉아
가르마를 타며
춤을 꿈꾼다

바람과 더불어
—하나

동구 귀퉁이에 이빨이 빠져 물러난 접시 하나
접시 속에 다급한 사랑으로 괴어 있는데

나무라지 않고
달 지네

달 지는 언덕
드렁칡 위에
달리아 꽃 절창이네

관광버스에서 울긋불긋 내리는 가을
노을 속에서
붉게 짖는 사과들

이빨 빠져 물러난 접시 속에
다급한 사랑으로 괴어 있을 때

난롯가

그의 주소가 주전자 속에서 끓고 있다
그의 고향이 탁탁 소리를 내며 불탄다
한 모금 넘긴 술, 반은 눈으로 올라오고
반은 심장을 친다
그의 열병이 유리창에서 갖가지 형상으로 얼어붙는다
자세 보니 양말을 뒤집어 신었어!
슬그머니 벗어 다시 신고
신발도 꿰어본다

밤이 깊자 지붕마루며 들길이며
형제자매사촌팔촌의 손자들까지 휩쓸려 부는
번성한 바람의 가계도는 관절에서도 욱신거린다
사랑한 그녀의 엉덩이도 불두덩의 깃털도 그리우니
심장의 기름도 지글거린다
신발 끈을 조여본다
그의 새로운 주소를 주전자에 들이붓는다
당분간 잠잠할 것이다
이마에 그려진
그 심장의 약도를 알 수 없다

다시 그의 주소가 끓기 시작한다

저물녘
—모과의 일

저물면 아무도 없는 데로 가자
가도 고요는 도망가지 말아라

고요의 눈망울 속에 묻어둔
보석의 살들— 이마 눈 코
깨물던 어깨,
점이 번진 젖, 따뜻한 꽃까지 다 어루어서
잠시 골라 앉은 바윗돌아 좀 무겁느냐?
그렇게 청매빛으로다가 저문다

결국 모과는 상해버렸다

초당에 가서

강릉 초당에 가
허균 선생에게 여쭙느니
한랭(寒冷) 일월
검게 언 이파리 그대로 매달고 섰는
수국 대궁 곁에 서서
꼭 그와 같은 기침 몇으로 여쭙느니
동해 큰 바다 파도 소리도 같이하여 여쭙느니
손을 한번 좀 내밀어주신다면
그걸 한번 잡아보고 싶다고 여쭙나니
한랭(寒冷) 일월
적적한 저녁 싸라기눈
흙담을 기웃거리며 또
무엇을 여쭙는가?
멸(滅)에 대하여
멸(滅)에 대하여
궁금한 눈길

해변의 자화상

그 물가에 갈 수 없으므로
그 물가를 생각한다
그 물가에 선 생각을 하고
그 물가의 풍경을 생각한다
물소리를 생각한다
그리움 따위는 분명 아니고 기운 떨어지면 찾아오는
향수 같은 것도 아니고
그보다는 깊은, 그보다는 더 해맑은 것이
나를 데려간다
나는 천상 회고파(回顧派)지만
그곳에서는 회고파만은 아니다
어느덧 그 물소리 속 수레바퀴들이 나를 실어
석양을 앞질러 간다
갈잎과 바람을 넘어
기러기들의 순례를 넘어간다
빛의 화살 끝에 묻어 어느 별을 뚫고
죄를 뚫는다

허나 이내 나는 그 수레 위에 있지 않고
그저 그대로 그 물가에 서서
어느새 밑단이 젖은 바지를 걷고 서서
물소리를 바라본다
그 물가에 서 있는 나를 나는

생각한다
그리움도 향수도 아닌 그보다도 더
해맑은 것이 나를 안아다
그 물가에 놓는다
그 물가를 생각한다

들판에서

이제 들판에 오래 서 있을 수 없습니다
이제 들판에 오래 서 있을 수 없습니다
들판처럼 되지 않습니다

산기슭에도 오래 앉아 있을 수 없습니다
산기슭같이 되지 않습니다.

마음이라는 것이 있는 건가요?
진짜 마음이라는 것이 있는 건가요?

들판에도 산기슭에도 오래 있을 수 없는데
마음이라는 게 있는 건가요?

불빛도 있고 물소리도 있지만
가야겠습니다

고창 선운사

국화 허리가 물들어서
정강이는 시들어서
거기 절을 짓고 굴을 파고
향기처럼 소멸을 빌다보니
동백이 오고 있다

수만 붉은 절을 짓고 들어가
국화를 부르리
꽃밭 두드리는
법고 소리

다시, 오래된 정원

꽃밭에 꽃 피어나는 소리가 들리는 걸
귀를 가지런히 모으고 또 두 눈도 한참씩 감아가며
듣고 있노라니
꽃이여,
꽃이여, 하고 부르게도 되는군요
꽃이여, 피어오는 꽃이여,

꽃은 꽃밭에만 있는 것이 몸 쉽었던가
그 빛깔과 향기와 웃음을
내 귀에까지 또 더 먼
먼 나라까지도 보내었군요
하여 하늘은 고등어처럼 짓푸르고요

그 곁에서
고스란히 듣고 보고 앉은
저 바윗돌의 굳고 정한 표정도
겸허히 바라보게 되는군요

꽃들이, 또 저 바위가
우리의 이름을 한 번씩, 천천히, 또박또박 부를 듯도 하여
조금 더 단정한 자세를 하지 않을 수 없군요
그것을 해마다 새롭고 새롭게 하였으리니
꽃 피는 꽃나무들 밑뿌리 뻗어가는 소리까지

우리 귀와 눈은 따라가서
꽃이여,
꽃이여, 부르면서 그 위에
처음 솟는 웃음을
몇 바가지씩 맘껏 쏟아부어줄
기도를 갖지 않을 수 없군요

다랑이길

논둑길이나 걷다보면 낫는다
속이 울음인 사람
다랑이 논둑길을 걸으면 낫는다

울음 밑이 시퍼런 우물인
웃음 밑이 떨리는 절벽인 사람

다랑이 논둑길
약(藥)으로 걸으면
가을 가 겨울

눈길 걸어
길 잃으면
낫는다

파도 소리

아파트엘 살아도
옛 성벽 뒤에 살아도
밤이 거울 속처럼 깊어지면
귀에는 파도 소리가 저
동해 홍련암 마루 밑장에서처럼
들려오는 것이었다
내가 태어나 자라오른 건 그러니까 파도 소리

마침내
목단꽃이나 발치의 노을에서
파도 소리가 들리었으니
나의 앞날이 또한
파도 소리

내 신발 속 파도 소리
내 단춧구멍 속 파도 소리
모든 풍문도 음악도 다 이긴
나의 파도 소리

성(城)

성이라하면우선시대를막론하고맥탁놓고돌덩이보다도더작게앉아쉬었을축성인부들의표정부터생각지않을수없는것을나는부모로부터의출신성분탓으로본다그외의역사(歷史)라거니양식(樣式)이라거니혹은총연장몇킬로미터라거니하는개괄은도대체다가오지않는다관람안내판도읽지않는다그저성은축성인부들의표정으로아랫돌은윗돌을괴고윗돌은그윗돌을괴고서로서로의치명적인우정처럼어깨를걸고그위의윗돌들을괴고맨윗돌은싯푸른조선하늘을괴고천둥소리를괴고소나기를괴고또그소나기와도같은허기를괴고계절을괴어서수수년년이어가고있을뿐이다얼마전성북동바깥성벽에조명등이들어오면서부터나는이제성이무슨새로운임무를맡은것을눈치채고는밤마다마당에나와앉아환한성을바라보게된다매번내가늘되새겨온그표정들을벗어나밤의성곽은각광속에서참으로아름답군

결론이미처다완성되기도전에일제히불이꺼지고(자정이다!)나면어둠이성을한입에먹어버리고만다어둠속에서성은또어떠한제본분속으로들어가는것인지끝내출신성분을벗어버릴수없는나는자정을넘어뜨리며오는어둠이저승에서부터의일을알리듯오는것임에도성이너무도손쉽게그의일원이되어버린다고섭섭함에잠기지않을수없다모든표정들을너무나간단히꺼버린다고생각하지않을수없다

정자의 주춧돌을 세우며
—이상에게

마당을메우느라마사토를스무차나실어다붓고그위에사모정자를세우기위하여네귀퉁이에수평자를놓아가며시멘을이겨넣어가며주춧돌을놓았다헌데얼마지나지않아어쩐일로그중하나가기울어가더니아주땅아래로겸손해져버렸다

삽을들고파내기시작하여한나절을흙을걷어내었다지렛대를사용하여들추어도으끗도하지않으니어인일인가궁리끝에주춧돌을조금들추어버텨놓고는그사이에물을부어서돌아래로흙을흘려넣고땀을쏟아넣는새공법을고안하여조금씩올리니가라앉는섬을길어올리듯참세상에서는드문일을해보는지라잠시손놓고앉아쉬며바라보니참진귀한일이로다참진귀한구경이로다한쪽으로옮겨심은매화나대나무나모두이구식정자주인의꼬락서니를바라보며웃고웃고하더니돌도비스듬히올라선채웃고있다나는문득어느오랜시간아래의주춧돌이된양웅크리고앉아하늘을바라보며어둠이밀려오는속으로잠기어간다돌은진솔한자서전처럼멀찍이서삐닥하니의젓하다

나의 불빛

밤은 불빛이 자랑이다

나의 불빛
여자들의 눈동자를 모으느라 떨었던,
연민을 빛내려던
나의 불빛
먼 골짜기의 어둠마저도 탐하던
나의 밤
뜨겁고 덥던
나의 불빛

나는 불을 끌 수 없고
내다버릴 수 없어 다만
칭칭 동여매야 한다
숨죽여 빛나는 상처는
나의 얼굴을 비추고
빰의 얼얼을 비추고
북국(北國)을 가는
기러기 울음을 비출 것이다

옥수수밭의 살림

옥수수밭가에 와 살고부터
나는 지금 옥수수밭가에 살고 있구나 생각했다
옥수수밭의 수런거림과 두근거리는 살림을 살피고부터
나도 저 옥수수밭의 살림이구나 생각했다
폭풍우가 검은 스크럼으로 덮치는 여름밤
조용히 어머니의 안부를 묻고 그리고
사랑이 없던 때도 생각했다

이 옥수수밭을 떠나 살고부터
이 옥수수밭을 생각할 것이다
그때는 옥수수밭 사이로 반딧불이들도 날을 것이다
허밍처럼 눈시울 속을 날을 것이다

시월의 석류
—평창의 김도연

시월에 석류를 보라
아직 터지기 전
반가사유상의 보살 고깔을 달고
빛 두르고 다홍의 울음 같은
웃음 같은
석류의 시월

장가를 들겠다고 나서다가도
시집을 가겠다고 나서다가도
아직 터지기 전
석류를 보면 금방이라도
맨발로 뛰어나올
천둥벌거숭이나
선남선녀나
있을 듯하여
그냥 은근히 멈추게 하는
시월의 석류

어디 박색과부라도 찾아나서다가도
시월 석류나무는 햇빛도 많고 그 손녀도 많고
시월 석류나무는 바람도 많고 그 손주도 많고
그것이 다 제 것 같아
그냥 앉게 하는

석류의 시월

다홍의 웃음 같고
다홍의 울음 같은
끝내 터지지도 않는
중부 이북
시월의 석류

아코디언

두루 가슴에다가 무끈히 둘러메고
조이며 피어내며 노래하니
그만해도 좋을 노래만을 연주해야 할 악기인데
그게 어쩌다가 우리 집까지 와 있는 사연은 대강 이러하였으니
일가를 방문한 아침나절이었다
봉숭아가 한창이었다
마당가론 파밭이 일품이었다
곧 칠십(七十)인 노장은
파(罷)한 지 얼마 안 된 새 아코디언을 얼른 꺼내 넘기고는
파밭 속으로 들어갔다
곧 칠십인 노장의 부인은 부엌간에서 못 본 척하였는데도
수돗물 소리가 컸다
채송화는 마당 복판 쪽으로 기어나왔다
나는 가슴에 아코디언을 묶어보며
파밭처럼 웃었다

물미역 씻던 손

한밤
물미역 씻는 소리는
어느 푸른 동공(瞳孔)을 돌아나온 메아리 같네
간장에 설탕을 넣고 젓는 소리는 또
그 메아리를 따라나온 젖먹이 같네

한밤에 찬장이 열렸다가 닫히는 소리를 아는가?
밥 위에 내려앉는 백열등 불빛을 아는가?

울음 세 개 간직한
물미역 씻던 손

축소 인쇄 안견의 〈몽유도원도(夢遊桃源圖)〉를 펴 놓고

급기야 복사꽃 만발한 꿈이
사월 복판을 마구 달려서 왔으니
비해당(匪懈堂)*은 그 꿈 놓칠 수 없었으리

비단 마르고 꿈 곁에 또 꿈 이야기 적을 때에
주인 몰래 이야기 밖까지 날리는 꽃잎들,
—여기서는 뵈는군.
낮잠 든 개의 까만 코에도,
칼에도,
약사발에도 앉는,
시디신 신발에도……

꿈엔 숙주나 팽년 들과 놀았으나 그림엔 왜 한 사람도 없을까?
가도(可度)**가 권한 적막일까?
분홍빛들이 난감해하네

도잠(陶潛)*** 선생 꿈의 〈체험수기(體驗手記)〉가 하필
상감(上監)의 꿈이 되었으니
너무 낮은 꿈이 되었지?

내 자는 방 축대 밑 개똥밭에 심은
복숭아 한 주

꽃 피어 오백 년 전
꿈 풀고, 묶고 하던 청년들
어른대네

* 안평대군.
** 안견.
*** 도연명.

3부

기차 법문

전강 스님 녹음 법문을 듣는데 그 속에서 가끔 기차 바퀴 소리며 기적 울리는 소리가 요란스레 지나갑니다.

기차 소리,
무슨 소리였냐 하면
기차 소리

너는 꽃 해라
나는 새 하께
너는 바위 해라
나는 그늘 하께
너는 사랑 해라
나는 먼 산 하께
너는 꿈 해라
나는 밤 하께
너는 버들 해라
나는 연못 하께
밀려오는 파도 해라
나는 거품이다
나는 썰물이다
너는 물보라다
너는 너 해라
나는 나 하께
너는 나 해라

나는 너 하께 그렇게
너는 만남 해라
나는 이별 하께

무슨 소리였냐 하면 전강 스님 녹음 법문 속 그 새벽 기차 바퀴 소리,

냉이야 냉이야

바지게라는 걸 알아?
거름도 내고 고구마도 나르는,
아이도 태우지…… 진달래꽃도 꽂고
싸리나무로 엮은

나라는 걸 알아?
양심도 져다버리고 죽음도 실은〔載〕,
가면 속의 나
늙은 어머니가 성글게 엮어놓은,
침묵의 명을 따라 이제
풀리는

새 가죽 구두 신은 구름을 알아?
물집 잡힌 그림자 쓰리디쓰린,

냉이야 냉이야
장한 냉이야

수월(水月) 스님

수월 스님은
호랑이와도 잘 놀았다고 하는데
그 호랑이가 찾아오면
무슨 말을 해서
잘 달래서 놀았을까
그 건넨 말 중에는
이런 말도
있었을까?
물이 좋지?
달이 좋지?
출가 전 머슴살이 덕으로
짚신도 잘 삼을 줄 알아서
스승 경허에게도 드리고
저승에도 짚신을 이고 앉아
가셨다 하네
나는 그 호랑이에게 한 말이 내내 궁금해
찾아보려 하네
영 안 되는 시의 짚신이라도 이고 앉아
찾아보려 하네

낙법(落法)

곤하여 침 흘리며 졸았지
달콤했지

지푸라기를 문 새의 표정
근중(斤重)한 동굴

가려운 겨드랑이 긁고
등허리는 손 닿지 않아 안타깝네
산수유꽃 아래로 가
둥치에 등 비비네
꽃 몇 떨어지네

어디서
새 우네
새 우네

쌀뜨물 같은 햇볕
발등 적시네

꽃가지 하나 꺾어다 병에 꽂고
내내 낙법 익히네

발굴(發掘)

장마 때 돋은 흰 돌멩이
비로소 빛 가졌다

바람 불 때마다
커졌다 작아진다

아버지나
어머니나

첫째나
둘째나

나나
너나

있다
없다

와운산방(臥雲山房)

그 집은 아침이 지천이요
서산 아래 어둠이 지천
솔바람이 지천이다
먼지와 검불이, 돌멩이와 그림자가 지천이다
길이며 마당가론 이른 봄이 수레째 밀렸고
하늘론 빛나며 오가는 것들이 문패를 빛낸다

나는 큰 부자가 되길 원했으므로
그 부잣집에 홀로 산다
쓰고도 쓰고도
남고 남아 밀려내리는 고요엔
어깨마저 시리다

노래가 되기는 멀었어라

1.
산골 오두막 방에서는
모과 썩는 향이 일월의 사치다
아무 올 이 없는 이 기다림은 고래(古來)로부터의 것
언 연못을 걸어보는 것도 적막 가운데의 호사다
동지 지나서 배나무에 꽃눈이 나오기 시작이다
눈이 나오다니!
오래된 말벗들 불러 모은다

2.
어스름 지났다
급경사를 내려오는 어둠이다
오, 일월을 실눈으로 흐르는 개울물,
무심으로 장작을 쪼개니 쪼개진다
혜능의 수법이 이러했는지 웃는다
관절이 아파오고 비행기 지나는 소리가 하늘의 통증이다.

3.
아직도 저 화살은 나를 기다리고 있는 거야, 금성인가?
내 숨은 아직 좁기만 하고
나만을 겨우 먹이니
노래가 되기는 멀었어라
말벗들 다시 모으고,

빈방
—남지암(南枝庵)을 기록함

아홉 개의 계단을 가진 방
왼쪽엔 신(神)이 사는 산이,
오른쪽엔 세속(世俗)이 아홉 층
마당으론 저승을 아는 호수(湖水)
나는 그중 하늘 쪽에 가깝고 싶지만
나는 하늘에서 사는 사람이 되지 못하므로
술을 마시고 죄를 삼키고 꿈을 부른다네

나는 여럿의 방을 거쳤으나
때로 꽃 대궁 위 벌나비의 방도 있었으나 지금,
고요하여 숨도 쉴 수 없는
가습기 소리 위의 방에 머무네

추수 끝난 논밭의 숨가쁨을 모르는 인류! 인류!

물을 건너가라 물을 더듬어 가라 짚어 가라
물가의 어느 돌멩이가 이렇게 목메어 외우듯
이 방을 굴려 가라 말아 가라 쓰다듬어 먹어 가라…… 그러나 서성이는
그 어디서도 서성이는
빈방————그 방에 가 머물려네

탱자 향기

두 다리 오그리고
손은 모아 가슴에 붙이고
눈 감아 귀뚜라미의 개금불사(改金佛事) 듣는다
'이제 탄식은 없어
벌써 늦가을이야'

탱자 향기
탱자의 향기

오솔길로
가면 거기
나오는 나라
깨금발로 나오는 나라

물과 빛과 집을 짓는다

조감도를
그린다 눈을 감고
빛이 오는 쪽을 바라보고 그림자를
앉힌다
나무를 심고 나무가 자라고 나무가 석양 속에 서서 굽어
보는 장소
에 방을 앉힌다
나무의 빛이
초승달이 되고
북두칠성이 된다
하나 둘 셋 넷 다서 여서 일곱 일곱 일곱
기울어진다
부엉이도 옛날처럼 찾아오리

비가
온다 빗금으로 오고 김장 청무우가 젖는다
빗물받이 홈통에 한 줌씩 내려앉는
하늘의 기별
귀가 부스럭거리며 무너져내리고
개울을 따라 흘러가버린다
집은 하늘의 귀를 가져서
빗물의 고백을 빠짐없이 듣는다
이슬의 노래를 듣는다

눈보라의 독백은
오래 앉을자리가 없다는 것!
별과 별자리 움찔움찔 지나간다

그리고
집이 빈다 숨결은
상강(霜降) 후의 칸나처럼 상부의 붉은 꽃대를 놓는다
거미줄에 이슬 맺혀 잠시 반짝인 시간을 묶고
담이 넘어가고 바람이 야윈다
아무렇게나 퍼져나간 국화가 향기를 뿌린다
쓰러졌다 일어서며 핀 백일홍 붉음!
아무 보는 이 없이 피는 꽃이
더 짙은 까닭은
아무 보는 이 없기 때문
아무 보는 이 없기 때문

나는 매운 재로 누워서
눈을 감고 집을 짓는다
그늘 매운 집을 짓는다

생활
—벌 치는 사람

얼굴을 붉은 양파 자루그물로 싸매고
손도 손목도 두껍게 장갑을 했다
이름도 얼굴도 알 수 없이
숨은 손길이 되어 도둑이 되어
꿀을 딴단 말인가?
얼굴을 벗기려 덤비는 벌들의
서글픈 분주함

솥에는 밥이 끓고
벗어놓은 신발 위엔
나뭇잎도 내린다
발자국처럼
나뭇잎도 쌓인다
어디로 가자는가?

흰밥 한 그릇 그대로 식어가고
식어가듯이
얼굴도 없이
어디로 가자는가?

첫눈을 기다림

녹이 슨 수레바퀴가 담장에 기대어 있네
낮게 드리운 하늘과 숲과는 아침부터 손톱 발톱 깎고
흐린 날을 골라 오는 더딘 객을 기다리는데

어스름에 불 켜면 불빛이나 들여다보러 오려는지
벗어놓은 신발짝이나 적시러 오려는지
허기진 소년배들처럼 몰려오려는지

정갈히 차리고 오는 새 풍경을
손발톱이나 좀 깎고 설레어 기다리니
그 참을성 많이 길러서 억울할 것 하나 없네

어찌하여 민들레 노란 꽃은 이리 많은가?

막대기로 연못 물을 때렸습니다
축대 돌을 때렸습니다
웃자란 엉겅퀴를 때렸습니다
말벌 집을 때렸습니다
사랑을 때리듯이 때렸습니다
헌 신발도 신은 채로 때렸습니다
밥솥도 밥그릇도 때렸습니다
어둠이 오면 어둠도 때릴 것이고
새벽도 소쩍새도 때릴 겁니다
하루를 다 때렸습니다

긴 하루 지나고 노을 물들면* 오늘도
아무 지나는 이 없는 이 외진 산길을
늦봄인 양 걸어내려가며
길에, 하늘에, 민들레 노란 꽃을 총총히 피워두면
이쁘다 이쁘다 하면서 올라오는 이 있겠지
그 말이 누군가를 막 때리는 말인 줄은 까맣게 모를 테지
여전히 나는 민들레 노란 꽃을 남기면서 내려가고 있을 거야

민들레 노란 꽃을 여럿 때렸습니다

* 전인권 노래에서.

민화

햇빛이 창을 넘어와 방 안에 넘실넘실 차게 되면 낡은 집은 으드득거리며 뒤틀어댄다. 벗어놓은 옷가지, 앉은뱅이책상엔 나의 움직임들이 먼지가 되어 뽀얗게 앉고 마당의 물호스가 얼어붙는다. 남쪽 잣나무숲 사이로 햇빛은 잘게 부서져내린다. 흰 빰 고양이가 어슬렁어슬렁 간혹은 뒤돌아보며 내리막길을 걸어내려간다. 씰룩이는 어깨 위의 햇빛 무리, 나는 문득 그 위에도 실려 있는 것이 아닌가.

동화(童話)

산으로 가면 무지개를 만드는 공장이 나오지요. 님을 만드는 공장이 나오지요. 재를 삼킨 하늘 아래 곶감을 숨긴 호랑이가 나오지요.

정관수술을 하고 산속 집으로 가던 홀아비는 오랜만에 삼겹살을 사고 상추를 뜯어 헹궈 입이 터져라고 싸 먹으며 허공만 바라보죠.

산으로 가면 무지개 공장이 나오지요. 님 공장이 나오지요. 재를 삼킨 하늘 아래 곶감을 숨긴 호랑이가 나오지요. 허공만 낳는 허공이 나오지요.

안부

오도카니 앉아 있습니다
이른 봄빛의 분주를 바라보고 있습니다
발목이 햇빛 속에 들었습니다
사랑의 근원이 저것이 아닌가 하는 물리(物理)도 생각하고 있습니다
이 빛이 그 방에도 들겠는데
가꾸시는 매화 분(盆)은 피었다 졌겠어요
흉내 내어 심은 마당가 홍매나무 아래 앉아 목도리를 여미기도 합니다
꽃봉오리가 날로 번져나오니 이보다 반가운 손님도 드물겠습니다
행사(行事) 삼아 돌을 하나 옮겼습니다
돌 아래, 그늘 자리의 섭섭함을 보았고
새로 앉은 자리의 청빈한 배부름을 보아두었습니다
책상머리에서는 글자 대신
손바닥을 폅니다
뒤집어보기도 합니다
마디와 마디들이 이제 제법 고문(古文)입니다
이럴 땐 눈도 좀 감았다 떠야 합니다
이만하면 안부는 괜찮습니다 다만
오도카니 앉아 있기 일쑵니다

망명

어둡는데
의자를 하나 내놓으면
어둠 속으로 의자는 가겠지
어둡는데
꽃 핀 화분도 하나 내놓으면
어둠 속으로 잠겨가겠지
발걸음도 내놓으면 가져가겠지

어둠은 그렇게 식구를 늘려서 돌아가
어둠을 오가는 넋에게도 길 닦아주고
견고한 잠 속에는 나라를 세우고 나머진
빛으로 돌려보낼 터

어둡는데 길을 나서면
한 줌 먼동으로 돌아올 터

어둠에 살을 준다
사랑에 살을 준다

생일

달이 마당 밖 잣나무숲을 지날 즈음
흰 돌멩이 하나 들어다가 툇마루 위에 올려두면
어느새 노래가 되어 꽃밭 속으로 어른어른 밀려나갔다

그믐밤이 되어서는
캄캄한 꽃밭 속에서 반딧불이 두엇씩 살아 나왔다
무슨 일일까 생각하다가
그만두었다

흰 돌멩이 하나 들어다가 갓 풀린 개울물에 넣어둔다
귀도 하나는 그 곁에 벗어둔다

술래 3

황사가 온 담장
한 차례 기침을 쏟고
나는 저절로 꽃을 기다리는 자세가 되어 앉았다
아직은 가시만 사나운 장미 넝쿨들
해마다 곡마단같이 장미는 와서
허기와 과식을 치장해주고
기침 너머의 쓰고 지린 사랑의 풍경을 가려주던,

나는 더는 보여줄 것이 없는 듯한데
장미는 또 뭇 식솔들을 데리고 올 것이다
해마다 나의 봄 기침을 열람하러 오는 고된 술래
바랜 심장에 핏빛을 더해주며 장미는 무엇을 찾을까?
유서가 깊은 봄의 이별과
끝내 숨기지 못하는 가쁜
기침이 있을 뿐이다

물의 여정(旅程)

어느 호젓한 돌 틈서리에서 생겨나서
한동안은 해와도 달과도
또 한동안은 팬 고사리 그림자와도
겸상을 하고 앉았다가
출출한 낯으로
등허리엔 야윈 빛들을 태우고 남몰래
국경을 넘어가는 노역이여
어미 아비가 간 길을 그리 그렇게
형제와 자매와 손 붙들고
어깨동무로 혹은 강강술래로 꾸며가는
물의 여정이여

한겨울 시퍼런 얼굴을 씻는 절간 수좌의 손가락 사이에선
그만 냉기도 성씨도 놓고 마는,
이민자(移民者)가 되는

입적(入寂)

밤은길었다어둠이멀리마을입구에서부터언덕들산그늘들을먹어들어왔다그리하여마당이사라진지오래였으나아직자정전이었으니생각하면밤은아주길고긴셈이다그동안어쩌면그렇게아무런소리도없었을까귓속에서피도는소리만윙윙거렸다방바닥이식어져미지근했다날이무척차가운가보다벌써이렇게식어질리가없는데

문을열자얼굴이서늘했다어둠이맑았다별들이끊임없이주먹을쥐었다폈다그때마다손바닥이사금파리처럼빛났다손가락사이로쨍그랑거리면서빛들이산발했다마당에내려서자광대뼈가시렸다걸음을옮길때마다으드득으드득얼음이부서졌다불을붙여도아주괄게탈듯한소리다단아래로돌계단이내려갔다그리로얼음밟는내발소리들이데굴데굴굴러갔다계단마다떨어져부딪는소리가들렸다

무릎에대고삭정이들을부러뜨렸다소리들도또박또박부러졌다아궁이가환해졌다무릎에온기가왔다얼굴에도왔다광대뼈가녹았다뒷벽에내그림자가커다랗게생겨서는혼자두런대는것도장작더미를허물면서보았다어느장작개비의옆구리에서는파란관솔불이휘리리릭쏟아져나왔다누군가의부음같았다

밤은길었다

마을끝에서부터새파랗게언새벽이올것이고마당이밝아질것이고마당에발소리들이얼어붙어있을것이다방의아랫목은따뜻할것이지만간혹들르던사람이마침찾아온대도내다보는

사람은없을것이다아궁이앞에뽀얀재가한없이부드럽고부드럽게모여있을것이다마지막별빛이계단끝으로막풀리고나서으드득으드득얼음길을걸어겨울밤은지나갈것이다

시월(十月)

홑것차림의 이런 말소리도 들려오는 것이다
"단풍 들어"
"단풍이 들어"
이제는 띄엄띄엄 말도 놓는 사이가 되어
청색시대(青色時代)를 살려 오는 새털구름에게
나는 또 이런 응답을 놓아본다

그 근면(勤勉)으로
내 눈과 귀의 단추 좀 풀어다오
내 혀는 네가 주는 노래로 반짝일 테야

서녘 바람에 해바라기가
거짓을 쏘아보던 눈과도 같이 익어가고 있다

해설

호젓함을 모시다

엄경희(문학평론가)

1. 생각의 자궁

"오늘 나는 가난해야겠다/ 그러나 가난이 어디 있기나 한가". 시 「가난을 모시고」의 시작 부분이다. 이 글의 제목은 바로 이 작품으로부터 취한 것이다. 장석남 시인의 시세계를 관통하는 미묘하고도 깊은 서정의 실체를 보다 응집적(단정적이 아니라)으로 표현해본다면 그것은 '호젓함'이라 할 수 있다. 해서 "오늘 나는 가난해야겠다/ 그러나 가난이 어디 있기나 한가"를 "오늘 나는 호젓해야겠다/ 그러나 호젓함이 어디 있기나 한가"로 겹쳐 생각하며 그의 새로 태어난 일곱번째 시집 『고요는 도망가지 말아라』를 읽었다. 그의 시의 여정이 흩어지는 마음을 호젓함으로 모으고, 때로 그것이 자신을 데려갈 때까지 참을성 있게 기다려보기도 하는 과정을 거듭 밟고 있다는 생각에서이다. 중요한 것은 이 호젓함의 서정이 장석남 시가 지닌 품격과 절제미, 지혜, 그리고 삶의 지향과 긴밀한 관계가 있다는 점이다. 난삽해지려는 마음을, 파탄을, 조급과 격정으로 치달으려 하는 통곡의 시간을 천천히 지연시켜 기울어진 주춧돌을 다시 놓아보는 그런 과정으로 그의 호젓함은 세워진다. 예를 들면 "궁리끝에주춧돌을조금들추어버텨놓고는그사이에물을부어서돌아래로흙을흘려넣고땀을쏟아넣는새공법을고안"(「정자의 주춧돌을 세우며—이상에게」)하는 것과도 같다. 여기에는 느리고 느린 노역의 시간과 놀이 정신이 함께 내재해 있다.

이와 같은 호젓함의 서정을 이야기하며 무엇보다 강조하고 싶은 것은 그의 시가 이를 통해 지속적으로 유지하고 있는 '품격'에 대해서이다. 우리의 일상처럼 예술 세계가, 아니, 시조차도 얼마나 급격하게 세속화되고 있는가? 나는 우리 시대의 예술이 이러저러한 거친 도발과 과장을 마구잡이로 용인한다는 생각을 저버릴 수 없다. 생각이 찾아오면, "수로(水路)에 외발로 서서 고개 움츠리고 비 맞는 왜가리/어떤 기다림도 잊고 다만 기다림의 자세만으로 생을 채우려 용맹정진하는 왜가리"(「수로(水路)에서」)처럼 오랫동안 좀 서 있어야 하지 않을까? 그간 많이 이야기되었던 장석남 시의 부드러움의 이면에는 세속의 속도와 과잉된 욕망, 그리고 삶의 일천함을 물리치려 하는, 그것을 호젓함으로 다듬어내려 하는 저 왜가리의 고요한 용맹정진이 숨어 있다. 그렇다면 장석남의 '호젓함'은 어떻게 구체화되는가?

큰 눈이 오면,
발이 묶이면,
과부의 사랑(舍廊)에서처럼
편안함이
일편 근심이
뒤주 냄새처럼 안겨온다

큰 눈이 오면,

눈이 모든 소란을 다 먹으면
설원(雪原)과 고요를 밟고
와서 가지 않는 추억이 있다

한 치씩 나앉은 사물들 모두
제 아버지가 온 듯
즐겁고, 희고
무겁다
—「큰 눈」 전문

"눈이 모든 소란"을 다 먹어버리듯 소란과 분망함을 가라앉히는 것이야말로 호젓함의 제일 조건일 것이다. 그래야 아늑하다. 모든 시가 그런 것은 아니지만, 공간을 아늑하게, 혹은 아득하게 만드는 일, 다시 말해 번잡함과 소음을 제거하는 일, 이는 장석남의 시적 공간의 조형술에 그대로 적용된다. 이 시집에 등장하는 아무 올 이 없는 산골 오두막 방(「노래가 되기는 멀었어라」), 라일락 향기가 가득한 골목(「불임」), 구름 속에 누워 있는 산방(「와운산방(臥雲山房)」), "맵디매운 뙤약볕 속으로 지워져가는" 오솔길(「오솔길을 염려함」), 낡은 목가구에 새겨진 버들 무늬 빈 접시(「옛집에 들어」), 탱자 향기의 오솔길(「탱자 향기」) 그리고 시든 국화꽃 향기 속에 지어진 절간과 굴(「고창 선운사」)이 다 이와 무관하지 않다. 이들은 공통적으로 속된 욕망과 거리를 둔 작고 외진 공간이며 무심과 외로움과 염려와 취(醉)함이 갈마드는 호젓함의 자궁이라 할 수 있다.

국화 허리가 물들어서
정강이는 시들어서
거기 절을 짓고 굴을 파고
향기처럼 소멸을 빌다보니
동백이 오고 있다
—「고창 선운사」 부분

국화가 시들어가는 늦가을의 향기 속에 지어진 절과 깊숙이 안을 파고 들어간 굴은 호젓함이 절정을 이루는 외로움의 공간이다. 거기서 소멸의 슬픔은 시든 국화의 진한 '향기처럼' 에로틱해진다. 향기로 뒤덮인 소멸의 기원은 가을을 지나, 겨울 복판을 지나 동백을 데리고 온다. 이제 절과 굴은 붉은 동백의 향으로 호젓할 것이다. 시인은 시 「다시, 오래된 정원」에서 "꽃은 꽃밭에만 있는 것이 몸 섧었던가/ 그 빛깔과 향기와 웃음을/ 내 귀에까지 또 더 먼/ 먼 나라까지도 보내었군요"라고 쓰고 있다. 꽃밭은 호젓함의 숨결이 번져나가는 극점인 것이다.

그런데 이 아늑한 공간은 행복감만으로 채워져 있지 않다. 꽃의 시듦과 향기가 함께 있듯이 거기에는 "편안함이/ 일편 근심이/ 뒤주 냄새처럼 안겨온다", 그리고 "제 아버지가 온 듯/ 즐겁고, 희고/ 무겁다". 장석남의 호젓함이 환기하는 매력과 진실성은 바로 이 구절들이 보여주는 역설에 있다. 편안함과 근심이, 즐거움과 무거움이 한꺼번에 안겨드는 고요의 아늑함. 근심과 무거움을 껴입고도 편안한 기분이 드는 바로 그 지점에서 호젓함은 생성된다. 아울러 그의 호젓함은 "뒤주 냄새처럼" 오래 묵은 시간의 깊이로 화자를 감싸 안으며 온다. 이전 시집에서도 이 같은 호젓함의 역설을 자주 발견할 수 있는데, 예를 들어 "상 위에 미끄러져 깨져버린 묵에서도 그만/ 지난 어느 사랑의 눈빛을 본다오/ 묵집의 표정은 그리하여 모두 호젓하기만 하구려"(「묵집에서」, 『빰』)*라고 시인은 말한다. 미끄러져 깨져버린 묵처럼 잃어버린 사랑의 상함과 아련함을 떠올리며 비탄에 잠기는 것이 아니라 호젓함에 젖어드는 것이다. 상실의 아픔을 아늑한 서정으로 달래 껴안는 것, 이것이 장석남의 호젓함이다.

그런 의미에서 시듦과 향기는, 편안함과 근심은, 즐겁고 무거운 것은 함께 '있음'이지 결코 둘의 화해가 아니다. 화해는 갈등과 대립과 분쟁을 전제로 한다. 시인에게 편안함과 근심은 두 겹이 아니라 한 겹으로 이루어진 삶의 정황이다. 장석남 시에서 '갈등—화해의 도식'이 잘 발견되지 않는 것은 이 때문이다. 그의 시를 읽을 때 간혹 행간의 어려

* 이 글에서 장석남의 이전 출간 시집들은 시집의 첫 단어로 표기함.

움에 봉착하게 되는 것은 이러한 도식에 그의 시를 맞추려 하기 때문일지도 모른다. 그는 '갈등—화해의 도식'에서 비껴날 수 있는 삶의 다른 방식과 지혜를 '생각이 찾아올 때까지' 참을성 있게 기다린다.

2. 빈(貧)의 철학

모든 '철학 하기'는 사유 대상의 대상화로부터 시작한다. 대상화는 거리 두기이며 대상화의 실천은 대상의 재편성이라는 사유 활동에 의해 이룩된다. 이때 이미 낡은 대상은 새로운 의미 부여에 의해 쇄신된다. 그런 의미에서 '철학 하기'는 일종의 '쇄신하기'라 할 수 있다. "오늘 나는 가난해야겠다/ 그러나 가난이 어디 있기나 한가"(「가난을 모시고」)라는 발언에는 가난을 대상화하고 그것을 쇄신하려는 시인의 의도가 강하게 내포되어 있다. 삶 속에서, 문학 속에서 '가난'은 극복되어야 할 무엇으로 거듭 이야기되어왔다. 가난은 결핍의 확고한 징표이며 고통을 야기하는 삶의 끈질긴 내력 가운데 하나이다. 그러나 오늘날, 우리는 여전히 가난하지만, 지나치게 과잉되어 있는 것 또한 사실이다. 과잉은 진정한 풍요와 다르다.

시 「가난을 모시고」의 마지막 연은 이렇게 되어 있다. "오늘도 드물고 드문 가난을 모신,/ 때 까만 메밀껍질 베개의/

서격임/ 수(壽)와 복(福)의/ 서격임". 시인은 베개의 까맣게 오른 때와 거기에 수놓아진 글씨 수와 복의 서격임을 동시에 본다. 때가 까맣게 오른 수와 복을 베고 누군가는 가난의 무거움을 달랬을 것이다. 여기에는 가난을 베고 누워 수와 복도 함께 누려보는 일말의 여유가 내포되어 있다. 시인은 이러한 가난을 같은 시에서 "맑고 호젓한 가계(家系)"로 요약한다. 이때 결핍으로서의 가난은 맑음으로 쇄신된다.

장석남에게 가난은 극복되어야 할 대상이 아니라 '맑음'을 얻기 위한 관념의 노정이라 할 수 있다. 그에게 가난을 모시는 일은 과잉된 욕망으로 치닫는 세속에 대해 가장 비세속적으로 대응하는 방법일 것이다. 다시 말해 '가난 모시기'는 결핍을 초래하는 일이 아니라 과잉된 기름기를 걷어내고 넘쳐나는 것을 동여맴으로써 '청빈(清貧)'에 이르는 정신 수양의 과정이라 할 수 있다. 그의 호젓함은 이 같은 빈(貧)의 철학에 의해 얻어지는 서정이다. 시 「하문(下問) · 1」에서 보이는 "그리하면 나는/ 살이 없으리// 그리하면 너도/ 살이 없으리// 기름진 것 먹지 말고/ 말을 트자"와 같은 구절은 이와 같은 의식 지향의 직접적 표현으로 읽을 수 있다. 이전 시집에서 볼 수 있는 "단 두 개의 서까래를 올린/ 집"(「달과 수숫대」, 『왼쪽』)의 단출함이나 반대로 "산속에 가만히 가부좌를 하고/ 별을 헤듯 돈을"(「은둔자」, 『빰』) 세는 기괴한 은둔자의 기름진 욕망에 대한 풍자 또한 빈(貧)의 철학이 이루어낸 맥락이라 할 수 있다. 이러한 '가난'에 대한 사유는 욕망의 과도함을 덜어내는 것과 다를 바 없다는 점에서 정신의 절제와 상통한다.

먼 골짜기의 어둠마저도 탐하던
나의 밤
뜨겁고 덥던
나의 불빛

나는 불을 끌 수 없고
내다버릴 수 없어 다만
칭칭 동여매야 한다
숨죽여 빛나는 상처는
나의 얼굴을 비추고
뺨의 얼얼을 비추고
북국(北國)을 가는
기러기 울음을 비출 것이다
—「나의 불빛」 부분

내 신발 속 파도 소리
내 단춧구멍 속 파도 소리
모든 풍문도 음악도 다 이긴
나의 파도 소리
—「파도 소리」 부분

내면에 타오르는 뜨겁고 더운 욕망, 언젠가는 상처로 되돌아오고야 마는 이 욕망의 불빛을 쏟아내지 않기 위해 화자는 붕대를 감듯 마음을 칭칭 동여맨다. 이때 마음의 불빛은 "숨죽여 빛나는" 은은함으로 바뀐다. 너무 뜨겁지도 냉자하지도 않은 불빛은 '태우다'라는 소진의 에너지에서 '비추다'라는 빛의 에너지로 전환되는 것이다. 이 빛의 에너지는 '나'의 얼굴에서부터 북국을 향해 가는 기러기의 울음까지 비추는 초공간성을 담보한다는 점에서 사물과 존재를 꿰뚫는 '지혜의 눈'으로 의미화할 수 있다. 그러나 이 같은 빛의 눈은 결코 쉽게 얻어지지 않는다. 그의 다른 시에서 보이는 "아직도 저 화살은 나를 기다리고 있는 거야, 금성인가?/ 내 숨은 아직 좁기만 하고/ 나만을 겨우 먹이니/ 노래가 되기는 멀었어라"(「노래가 되기는 멀었어라」)와 같은 구절이 이를 말해준다. '나'를 비추는 금성은 내가 도달할 수 없는 먼 거리를 단숨에 초월해버리는 존재이다. '나'도 저 먼 세계를 비출 수 있는 눈을 가질 수 있는가 시인은 생각하는 것이다. 그러니 거리를 뛰어넘어 사물을 관통하는 깊은 눈을 얻기 위해서 마음을 칭칭 동여매는, 불을 빛으로 바꾸는 절제의 노고가 얼마나 필요한 것인가. 시 「파도 소리」에 등장하는 신발 속, 단춧구멍 속 파도 소리 또한 이러한 '불빛'과 동일한 의미로 볼 수 있다. 무수히 출렁거리며 휘몰아치는 장석남의 무의식 속에 내재된 파도 소리는 '속'에 있다. 그

소리의 넘침을 다스릴 때 "모든 풍문도 음악도 다 이긴" 가장 강인한 소리의 자존감이 만들어지는 것이다. 이러한 맥락에서 보면 시인의 가난에 대한 관념 혹은 절제 의식은 내적 빈곤이 아니라 풍요를 만들어내는 역설을 내포한다. 시 「와운산방(臥雲山房)」은 이러한 풍요의 극치를 보여주는 대표적 예라 할 수 있다.

그 집은 아침이 지천이요
서산 아래 어둠이 지천
솔바람이 지천이다
먼지와 검불이, 돌멩이와 그림자가 지천이다
길이며 마당가론 이른 봄이 수레째 밀렸고
하늘론 빛나며 오가는 것들이 문패를 빛낸다

나는 큰 부자가 되길 원했으므로
그 부잣집에 홀로 산다
쓰고도 쓰고도
남고 남아 밀려내리는 고요엔
어깨마저 시리다
—「와운산방(臥雲山房)」 전문

모든 것이 지천이라 "쓰고도 쓰고도/ 남고 남아 밀려내리는" 와운산방은 사실 아무것도 없는 고요의 공간이다. 그

저 솔바람과 검불과 돌멩이와 그림자 따위가 지천일 뿐이다. 그런 의미에서 와운산방은 비물질적 공간이라 할 수 있다. "하늘론 빛나며 오가는 것들이 문패를 빛낸다"는 표현에 암시되어 있듯이 하늘과 교신하는 이 공간은 속(俗)으로부터 절연된 곳이다. 이 공간에 사는 화자는 "나는 큰 부자가 되길 원했으므로/ 그 부잣집에 홀로 산다"고 말한다. 그는 비물질적 고요를 혼자 만끽하는 자이다. 이 극단의 빈(貧)과 고독을 부자처럼 누릴 수 있는 자는 자신의 마음을 외물(外物)에 빼앗기지 않은 채 자유자재로 움직일 수 있는 사람일 것이다.

장석남은 이러한 마음의 경지를 닮고자 하는 것일까? 세속의 색깔과 장식을 다 떼어낸 얼굴, 이러한 자화상을 시인은 자주 '돌'의 상징에 투영한다. 시 「담장」에서 "나는 나를 솎아내고 헤쳐서 그 돌멩이를 바라본다// 나는 나를 반나마 허물어서 그 돌멩이를 바라본다"고 시인은 고백한다. 자신을 속아내고 허무는 과정을 거쳐 돌멩이는 완성된다. 밋밋하고 단단한 돌의 표정으로 자신을 다듬어내는 과정 또한 빈(貧)의 철학에 닿아 있다. 즉 '돌'은 "청빈한 배부름"(「안부」)이라는 그의 관념을 내포한 존재 상징이라 할 수 있다. 이러한 '돌'을 맛으로 표현한다면 세상의 모든 잡스러운 맛을 다 빼버린 투명한 물맛과 다르지 않을 것이다. "손뼉 치며 감탄할 것 없이 그저/ 속에서 훤칠하게 뚜벅뚜벅 걸어나오는,/ 그 걸음걸이"(「물맛」, 『빰』)로 표현된 물맛의 표정!

"굳고 정한 표정"(「다시, 오래된 정원」)의 돌!

내 유산으로는
징검다리 같은 것으로 하고 싶어
장마 큰물이 덮었다가 이내 지쳐서는 다시 내보여주는,
은근히 세운 무릎 상부같이 드러나는
검은 징검돌 같은 걸로 하고 싶어

지금은,
불어난 물길을 먹먹히 바라보듯
섭섭함의 시간이지만
내 유산으로는 징검다리 같은 것으로 하고 싶어
꽃처럼 옮겨가는 목숨들의
발밑의 묵묵한 목숨
과도한 성냄이나 기쁨이 마셨더라도
이내 일고여덟 형제들 새까만 정수리처럼 솟아나와
모두들 건네주고 건네주는
징검돌의 은은한 부동(不動)
나의 유산은
—「나의 유산은」 전문

징검다리는 이곳과 저곳으로 '목숨'을 옮겨주는 교량이다. 목숨을 잘 건네주기 위해서 무엇보다 중요한 것은 부동성이다. 장마 큰물에 덮여 있을 때도 징검돌은 그 자리에서 물이 빠지기를 기다리며 견뎌야 제 역할을 하는 것이다. "과도한 성냄이나 기쁨"에도 동요하지 않는 "발밑의 묵묵한 목숨"은 얼마나 겸손하고 든든하고 믿음직스러운 초상(肖像)인가. 시인은 이런 징검돌의 은은한 부동을 '나의 유산'으로 남기고 싶어한다. 또다른 시 「정자의 주춧돌을 세우며—이상에게」에서 "나는문득어느오랜시간아래의주춧돌이된양웅크리고앉아하늘을바라보며어둠이밀려오는속으로잠기어간다돌은진솔한자서전처럼멀찍이서삐딱하니의젓하다"고 시인은 쓰고 있다. 이 구절에는 한 채의 정자를 받쳐올릴 주춧돌에 대한 대견스러운 감정이 녹아 있다. "진솔한자서전"이라는 비유에서 알 수 있듯이 이러한 감정은 또한 이상적 자아에 대한 자기애(自己愛)를 내포한다. 또다른 시 「생일」에는 "흰 돌멩이 하나 들어다가 갓 풀린 개울물에 넣어둔다/ 귀도 하나는 그 곁에 벗어둔다"고 씌어 있다. 귀도 하나 벗어두었으니 흰 돌멩이에 물 닿는 소리 창창 맑을 것이다. 흰 돌멩이가 소리를 낳고 있음이리라. 청빈한 배부름이 아닐 수 없다. 이러한 즐거운 상상은 저 부동하는 돌의 "눈과 귀"(「시월(十月)」)의 단추를 몇 개 풀어주는 일이 될 것이다.

3. 마음속 '호랑이'를 달래는 지혜

세속의 과잉된 욕망을 청빈의 호젓함으로 걸러내고 내면의 불빛과 상처를 칭칭 동여맴으로써 넘치려는 감정을 내명(內明)하는 빛으로 바꿔가는 절제의 과정은 '호젓함—빈(貧)—절제'라는 한 덩어리의 정신적 경로로 이어져 있다. 이러한 정신 지향의 경로는 일종의 추구이지 완성된 것은 아니다. 천변만화하는 삶이 완성에 이를 수 없는 것과 같이 호젓함과 빈과 절제로 향한 마음은 때로 흔들리고 부서지기도 할 것이다. 무언가를 열심히 추구한다는 것은 그것의 동요와 와해를 막아내는 일이기도 하다. 이러한 '애씀'이 지극한 경지에 이르면 '놀이'가 될 것이다. "수월 스님은/ 호랑이와도 잘 놀았다고 하는데/ 그 호랑이가 찾아오면/ 무슨 말을 해서/ 잘 달래서 놀았을까"(「수월(水月) 스님」)와 같은 구절에는 '애씀'을 '놀이'로 바꾸고 싶은 시인의 욕망이 담겨 있다. 놀이는 인간이 행하는 최고선의 실천일지도 모른다. 놀이 하는 인간에게는 아무런 현실적 목적이 없기 때문이다. 그는 절제(관념 혹은 이념)조차 벗어난 천진난만한 인간이다. 그렇기 때문에 어른의 마음을 지닌 자가 무한한 자유로써 놀이 하는 인간의 몰아적(沒我的) 상태에 이르는 것은 결코 쉬운 일이 아닐 것이다.

막대기로 연못 물을 때렸습니다
축대 돌을 때렸습니다
웃자란 엉겅퀴를 때렸습니다
말벌 집을 때렸습니다
사랑을 때리듯이 때렸습니다
헌 신발도 신은 채로 때렸습니다
밥솥도 밥그릇도 때렸습니다
어둠이 오면 어둠도 때릴 것이고
새벽도 소쩍새도 때릴 겁니다
하루를 다 때렸습니다

긴 하루 지나고 노을 물들면 오늘도
아무 지나는 이 없는 이 외진 산길을
늦봄인 양 걸어내려가며
길에, 하늘에, 민들레 노란 꽃을 총총히 피워두면
이쁘다 이쁘다 하면서 올라오는 이 있겠지
그 말이 누군가를 막 때리는 말인 줄은 까맣게 모를 테지
여전히 나는 민들레 노란 꽃을 남기면서 내려가고 있을 거야

민들레 노란 꽃을 여럿 때렸습니다
—「어찌하여 민들레 노란 꽃은 이리 많은가?」 전문

인용한 시는 이 시집에 실린 시편들 가운데 가장 격렬한 동사를 동반한 매력적인 작품이다. 화자는 민들레 노란 꽃을 "이쁘다 이쁘다 하면서 올라오는 이"의 말에 대해 "그 말이 누군가를 막 때리는 말인 줄은 까맣게 모를 테지"라고 말한다. 이러한 맥락으로 미루어볼 때 '이뻐하다'와 '때리다'가 동일한 의미로 상호 침투하고 있음을 알 수 있다. 시인은 왜 '이뻐하다'를 '때리다'로 전이시킨 것일까? '때리다'라는 동사에는 이뻐함의 극렬함만이 아니라 고통과 상처 또한 담겨 있다. 막대기로 연못 물과 어둠과 그리고 헌 신발을, 그것도 신은 채로 때리는 화자의 모습은 뜨겁고도 처연하다. "하루를 다 때렸습니다"라고 고백하고 있지만 그는 외진 산길을 하산하며 "여전히 나는 민들레 노란 꽃을 남기면서 내려가고 있을 거야"라고 말하지 않는가. 꽃을 남긴다는 것은 아직 더 때려야 할 일이, 역으로 더 맞아야 할 일이 남아 있다는 의미가 된다. 만약 이 시에 등장하는 수많은 민들레 노란 꽃이 시인의 내면에 찾아든 '호랑이'라면? 뜨거움을 간직하면서 동시에 상처를 내지 않고 놀 수 있는 방법은 무엇일까? 우리의 마음속에 출몰하는 '호랑이'가 어디 한두 마리겠는가! 때려도 달아나지 않는 슬프고, 외롭고, 무섭고, 아름다운, 마음속 '호랑이'를 달래는 방법은?

불을 때고 등을 지지고
배를 지지고 걸게 혼잣말하며
어둠을 지졌다

장마 때 쌓은 국방색 모래 자루들
우두커니 삭고
모래는 두리번대며 흘러나온다
모래여
모래여
게으른 평화여
—「가을 저녁의 말」 부분

논둑길이나 걷다보면 낫는다
속이 울음인 사람
다랑이 논둑길을 걸으면 낫는다

울음 밑이 시퍼런 우물인
웃음 밑이 떨리는 절벽인 사람

다랑이 논둑길
약(藥)으로 걸으면
가을 가 겨울,

눈길 걸어
길 잃으면
낫는다
—「다랑이길」 전문

때려잡을 수 없는 호랑이를 때려잡으려 하는 것은 미련한 짓이다. 이것이 인생에서 함께 데리고 가야 할 숙제라면 내치는 것만이 능사는 아니다. 장석남의 '호랑이 달래기'의 방법은 움직임을 최대한 지연시킴으로써 저 지혜롭지 못한 방식을 우회하는 데 있다. 시 「가을 저녁의 말」의 화자는 가을 저녁에 군불을 때고 홀로 외로움을 지지는 사람이다. 이 시에서 '지지다'는 몸을 따끈하게 찜질하는 것을 의미함과 동시에 외로움을 달궈 태운다는 의미를 갖는다. "어둠을 지졌다"는 표현이 이를 뒷받침한다. 이때 누워서 외로움과 어둠을 지지는 화자는 "우두커니 삭고" 있는 모래 자루와 동일화된다. 그는 누워서 외롭고도 슬픈 "게으른 평화"를 누리는 것이다. 이것은 서두르지 않고 시간을 견디는 일이기도 하다.

시 「다랑이길」에서 화자는 "울음 밑이 시퍼런 우물인/ 웃음 밑이 떨리는 절벽인 사람"의 마음을 달래기 위해 "다랑이 논둑길/ 약(藥)" 삼아 걸으라고 권유한다. 다랑이 논둑길은 산비탈에 구불구불 펼쳐져 있다. 직선로가 시간의 단축을 목적으로 한다면 이 우회로는 시간의 지연과 관련한다. 지연은 호흡을 느리게 함으로써 심신에 휴식을 주는 방법이다. "가을 가 겨울" 오기까지 마냥 걷다보면 시퍼런 우물도, 떨리는 절벽도 구불구불한 길에 묻혀 그 수렁의 깊이를 잃을 듯도 하다. 곧장 가면 우물에 빠지거나 절벽으로 떨어지지 않겠는가. 해서 "길 잃으면/ 낫는다". 그런 의미에서 '눕다' 혹은 '걷다'와 같은 느린 움직임은 광기적 속도의 삶에 대응하는 하나의 지혜로 의미화된다.

이와 같은 발상은 장석남의 다른 시에서도 빈번하게 발견되곤 한다. "오도카니 앉아 있습니다/ 이른 봄빛의 분주를 바라보고 있습니다"(「안부」), "다만/ 앉아 있는 것/ 서성이는 것/ 그것만이 대답인"(「하문(下問) · 2)」, "다홍의 웃음 같고/ 다홍의 울음 같은/ 끝내 터지지도 않는/ 중부 이북/ 시월의 석류"(「시월의 석류—평창의 김도연」)와 같은 구절이 모두 그러하다. 아울러 "해마다 곡마단같이 장미는 와서/ 허기와 과식을 치장해주고/ 기침 너머의 쓰고 지린 사랑의 풍경을 가려주던"(「술래 3」)과 같은 구절에서 보이는 고통을 가리는(숨기는, 혹은 감추는) 행위도 이와 무관하지 않다. 적나라한 고통과 상처를 가리거나 다른 것으로 대체하는 상상력은 장석남의 시에서 생래적이라 할 만큼 본질적인 것이다. 예를 들어 그의 첫 시집에 실린 「추억에서의 헤매임」에서 보이는 "어머니는 해마다 밭둑에 옥수수를 심어/ 우리 집 울음을 대신 울게 했지 아침이면"(『새떼들』)과 같은 구절의 울음을 대신하는 옥수수밭이 또한 그러하다. 이러한 삶의 고통은 '술래잡기' 놀이처럼 감춤과 드러남이라는 운동 양태로 반복된다. 고통을 줄이는 방법은 감추고 드러나는 삶의 운동성을 가급적 지연시키는 것이다. 이것이 호랑이와 함께 호젓해지는 일이기도 하다.

4. 매운 그늘의 시간

수많은 우여곡절에 부침하면서, 기쁨과 슬픔을 넘다보면 시간은 자기 몸의 양을 줄여 일생일대의 '호랑이'를 몰고 온다. 그것은 다름 아닌 바로 죽음이다. 슬픔과 외로움은 해소할 수 있어도 태어난 모든 생명은 죽음의 드라마를 벗어날 수 없다. 인간의 이 절대적 숙명이야말로 숙제 가운데 가장 큰 숙제라 할 수 있다. 문제는 시간이 빠져나간 자리에 서서히 죽음의 자리가 만들어진다는 사실을 알고 있다는 데 있다. 소멸에 대해 안다는 것은 쓸쓸한 일이며 고통스러운 일이다. 하지만 소멸에 대한 인식은 모든 인간적 행위와 사유의 근본 동력일지도 모른다. 장석남은 이러한 실존성의 시간을 '된 그늘'로 표현한다.

봉숭아는 분홍을 한 필
제 발등 둘레에 펼치었는데

마당은 지글거리며 끓는데
하산(下山)한 우리는 된 그늘을 두어 필씩 펼쳐놓고서
먹던 물 대접 뿌려서 마당귀 돌멩이들 웃겨놓고서
민둥산을 이루었네
—「중년」 전문

이 시에서 여린 살처럼 펼쳐진 봉숭아 꽃잎의 '분홍 한 필'과 중년에 이른 우리들의 '된 그늘 두어 필'은 젊음과 나이 듦, 얇음과 두터움, 환함과 어둠이라는 대립적 의미망을 형성한다. 여기서 우리가 펼쳐놓은 '된 그늘'은 짙고 힘겨운 우리의 그림자, 즉 나이의 무게를 드리운 존재의 상이라 할 수 있다. "먹던 물 대접 뿌려서 마당귀 돌멩이들 웃겨놓고서/민둥산을 이루었네"라는 구절은 중년의 나이에 이른 '우리'들의 여유와 허함을 동시에 드러낸다. 돌에 물을 뿌리면 감추어진 돌의 빛깔과 무늬가 절묘하게 두드러지는데 이를 돌멩이를 웃겨놓았다고 표현하고 있지만 한편으로 그걸 보며 '우리'가 웃는 풍경이라 할 수 있다. 이러한 여유로운 풍경은 된 그늘을 드리운 '민둥산'과 어우러지면서 허전함으로 흘러간다. 시 「물과 빛과 집을 짓는다」에서 '된 그늘'은 '매운 그늘'로 심화된다.

조감도를
그린다 눈을 감고

빛이 오는 쪽을 바라보고 그림자를
앉힌다
나무를 심고 나무가 자라고 나무가 석양 속에 서서 굽어보는 장소
에 방을 앉힌다
나무의 빛이
초승달이 되고
북두칠성이 된다
하나 둘 셋 넷 다서 여서 일곱 일곱 일곱
기울어진다
부엉이도 옛날처럼 찾아오리

비가
온다 빗금으로 오고 김장 청무우가 젖는다
빗물받이 홈통에 한 줌씩 내려앉는
하늘의 기별
귀가 부스럭거리며 무너져내리고
개울을 따라 흘러가버린다
집은 하늘의 귀를 가져서
빗물의 고백을 빠짐없이 듣는다
이슬의 노래를 듣는다
눈보라의 독백은
오래 앉을자리가 없다는 것!

별과 별자리 움찔움찔 지나간다

그리고
집이 빈다 숨결은
상강(霜降) 후의 칸나처럼 상부의 붉은 꽃대를 놓는다
거미줄에 이슬 맺혀 잠시 반짝인 시간을 묶고
담이 넘어가고 바람이 야윈다
아무렇게나 퍼져나간 국화가 향기를 뿌린다
쓰러졌다 일어서며 핀 백일홍 붉음!
아무 보는 이 없이 피는 꽃이
더 짙은 까닭은
아무 보는 이 없기 때문
아무 보는 이 없기 때문

나는 매운 재로 누워서
눈을 감고 집을 짓는다
그늘 매운 집을 짓는다
—「물과 빛과 집을 짓는다」 전문

장석남의 다섯번째 시집 『미소는, 어디로 가시려는가』에 실린 수작 「방을 깨다」를 기억하는 독자라면 짐작할 수 있듯이, 이 시인에게 '집'은 존재의 외관을 의미하는 비유적 표상물이라 할 수 있다. 그의 '집 짓기'는 허물고 세우고 수리하는 과정을 반복하곤 하는데 이러한 집 짓기의 노역은 모두 자아의 재구축, 혹은 자아 성찰과 관련한다. 인용한 시 「물과 빛과 집을 짓는다」 또한 존재의 실존성에 대한 인식을 집 짓기로 비유한 작품이다. 이 시에서 집 짓기는 눈을 감고 상상에 의해 이루어진다. 그 상상은 오랜 세월을 거쳐 "그늘 매운 집"으로 완성된다. 그렇다면 집은 어떻게 지어지는가? 1연에서 화자는 "나무가 석양 속에 서서 굽어보는" 서쪽에 방을 앉힌다. 그곳에서 별들은 기울어진다. "부엉이도 옛날처럼 찾아오리"라는 표현으로 짐작해보면 호젓한 방으로 느껴진다. 2연에서는 빗소리(눈보라)로 가득한 집을 그리고 있다. 아울러 "눈보라의 독백은/ 오래 앉을자리가 없다는 것!"이라는 구절에서 바삐 지나가는 눈보라의 형상을 감지할 수 있듯이 이제 "하나 둘 셋 넷 다서 여서 일곱 일곱 일곱" 기울던 별들이 "움찔움찔 지나간다". 이는 시간이 빠르게 지나감을 함의하는 것이다. 3연에서는 급기야 빈집의 황량한 꽃밭이 부각된다. 1~3연의 맥락을 형성하는 서술어들을 대강 짚어보면 '앉힌다—기울어진다—젖는다—내려앉다—무너져내린다—흘러가버린다—듣는다—지나간다—(집이) 비다—(담이) 넘어가다—야위다—(향기를) 뿌리다'로 이행한다. 이러한 서술어의 이행은 방을 앉히고 그곳에서 "김장 청무우"로 함축되는 생활을 이루고 다시 빈집이 되어 무너지는 시간의 추이를 드러낸다. 앉히고 흘러가고 야위는 과정이 한 존재의 일생과도 같다. 여기서 앞서 살펴보았던 시 「고창 선운사」의 시든 국화와 동백을 상기할 필요가 있을 듯하다. 「물과 빛과 집을 짓는다」의 3연서 시인은 "담이 넘어가고 바람이 야윈" 빈집의 마당에 국화의 향기를 뿌리고 백일홍의 붉음을 세운다. "향기처럼 소멸"을 빌고 있는 것일까? 석양으로 지었던 집은 "그늘 매운 집"으로 나이를 먹고 소멸한다. 그 소멸의 지점에서 붉고 짙게 타오는 백일홍의 불꽃은 '재'로 이행해가는 존재의 다비식과도 같은 것이리라. 화자는 '매운 재'로 누워 이를 상상한다. '매운 재'는 소멸 뒤에 남는 존재의 흔적이라는 점에서 이 시의 집 짓기는 죽음에 대한 상상과 맞물린다. 이전 시집에 실린 「나의 하관」(『뺨』), 그리고 여기에 실린 「초당에 가서」 「입적(入寂)」 또한 이러한 존재의 소멸을 되묻는 작품이라 할 수 있다.

죽음을 성찰하는 존재의 시간은 '그늘 매운' 시간이며 '된 그늘'의 시간이다. 이 시간은 쉽게 넘어서기 어려운 존재의 어둠을 내포한다. 그 무엇으로도 대체 불가능한 것이 존재라면 죽음 또한 대체 불가능한 삶의 본질적 사태이다. 그것은 누구나 혼자 맞이해야 하는 "시큼하고 외로운 수로(水路)"(「수로(水路)에서」)일지도 모른다. 이 실존의 고통을 어떻게 달랠 것인가? 장석남이 시를 통해 보여준 소멸에 대한 실감 나는 상상들은 과연 어디로 풀려갈 것인가? 일생일대의 호랑이를, 짙은 그늘의 시간을 어떻게 호젓함으로 껴안을 것인가?

장석남 1965년 인천에서 났다. 1987년 경향신문 신춘문예로 등단했다. 시집 몇 권, 산문집 두어 권 냈다.

문학동네시인선 015
고요는 도망가지 말아라

1판 1쇄 2012년 2월 25일
1판 10쇄 2023년 9월 15일

지은이 | 장석남
책임편집 | 김민정
편집 | 김필균 강윤정 김형균
디자인 | 수류산방(樹流山房) 본문 디자인 | 유현아
저작권 | 박지영 형소진 최은진 서연주 오서영
마케팅 | 정민호 서지화 한민아 이민경 안남영 왕지경 황승현 김혜원 김하연
브랜딩 | 함유지 함근아 박민재 김희숙 고보미 정승민 배진성
제작 | 강신은 김동욱 이순호
제작처 | 영신사

펴낸곳 | (주)문학동네
펴낸이 | 김소영
출판등록 | 1993년 10월 22일 제2003-000045호
주소 | 10881 경기도 파주시 회동길 210
전자우편 | editor@munhak.com
대표전화 | 031) 955-8888 팩스 | 031) 955-8855
문의전화 | 031) 955-3576(마케팅), 031) 955-2678(편집)
문학동네카페 | http://cafe.naver.com/mhdn
인스타그램 | @munhakdongne 트위터 | @munhakdongne
북클럽문학동네 | http://bookclubmunhak.com

ISBN 978-89-546-1731-4 03810

잘못된 책은 구입하신 서점에서 교환해드립니다.
기타 교환 문의: 031) 955-2661, 3580

www.munhak.com
문학동네